13 decembre 1912

PN

OBJETS D'ART

ET

D'AMEUBLEMENT

DU XVIIIe SIÈCLE

TABLEAUX

Céramique — Meubles — Tapisseries

Appartenant à divers Amateurs

PARIS — DÉCEMBRE 1912

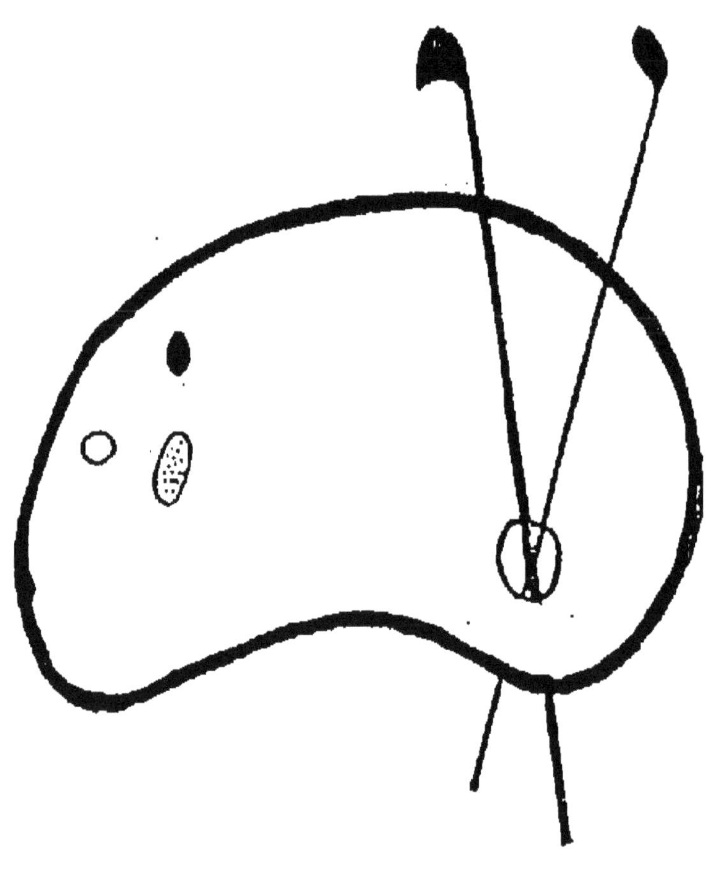

FIN D'UNE SERIE DE DOCUMENTS
EN COULEUR

OBJETS D'ART

ET

D'AMEUBLEMENT

DU XVIIIe SIÈCLE

TABLEAUX

Céramique — Meubles — Tapisseries

CATALOGUE

DES

OBJETS D'ART

ET D'AMEUBLEMENT

DU XVIIIe SIÈCLE

Tableaux, Dessins, Gouaches

FAIENCES ET PORCELAINES VARIÉES

PRINCIPALEMENT DE SAXE ET DE SÈVRES

PORCELAINES MONTÉES EN BRONZE

ORFÈVRERIE, OBJETS DE VITRINE

Bronzes d'Ameublement — Sièges et Meubles

AMEUBLEMENTS DE SALON

COUVERTS EN ANCIENNE TAPISSERIE D'AUBUSSON

TAPISSERIES DES FLANDRES ET D'AUBUSSON

Des XVIIe et XVIIIe Siècles

TAPIS D'ORIENT, ETC.

APPARTENANT A DIVERS AMATEURS

Et dont la Vente aux Enchères publiques aura lieu à Paris

HOTEL DROUOT, SALLE N° 6

LE VENDREDI 13 DÉCEMBRE 1912

à deux heures

COMMISSAIRE-PRISEUR

Me F. LAIR-DUBREUIL

6, rue Favart

EXPERTS

MM. PAULME & B. LASQUIN Fils

10, rue Chauchat | 11, rue Grange-Batelière

EXPOSITIONS

PARTICULIÈRE : *Le Mercredi 11 Décembre 1912.* } DE 1 HEURE 1/2

PUBLIQUE : *Le Jeudi 12 Décembre 1912. . .* } A 6 HEURES

CONDITIONS DE LA VENTE

Elle sera faite au comptant.

Les adjudicataires paieront *dix pour cent* en sus des enchères.

L'exposition mettant le public à même de se rendre compte de l'état et de la nature des objets, il ne sera admis aucune réclamation une fois l'adjudication prononcée.

Paris. — Imp. de l'Art, Ch. Berger, 41, rue de la Victoire.

DÉSIGNATION

TABLEAUX

DESSINS, GOUACHES

BOILLY
(LOUIS-LÉOPOLD)

1 — *Portrait d'Homme.*

Dessin au crayon noir et blanc sur papier gris.

Haut., 23 cent.; larg., 18 cent.

BOILLY
(LOUIS-LÉOPOLD)

2 — *Portrait de Jeune Femme en buste.*

Dessin aux crayons de couleurs. *Signé et daté : 1815.*

Haut., 24 cent.; larg., 17 cent. 1/2.

BOUCHER
(Genre de)

3 — *Baigneuses.*

Dessin à la sanguine et rehauts de blanc.

Haut., 23 cent.; larg., 19 cent.

BOUCHER

(D'après F.)

4 — *Bouquetière.*

Dessin à la sanguine.

Haut., 22 cent.; larg., 16 cent. 1/2.

BRAKENBURG

(RICHARD)

5 — *La Diseuse de bonne aventure.*

De nombreux personnages réunis dans un intérieur sont groupés et s'intéressent aux expériences d'une vieille femme.

Toile. Signée.

Haut., 40 cent.; larg., 49 cent.

CASANOVA

6 — *Le Cosaque.*

Bois.

Haut., 52 cent.; larg., 40 cent.

COCHIN LE FILS

(CHARLES-NICOLAS)

7 — *Composition allégorique.*

Dans un encadrement ornementé.

Dessin au crayon, plume et lavis. Signé et daté : *1770.*

Haut., 36 cent.; larg., 34 cent.

Cadre ancien en bois sculpté.

DAVID

(École de L.)

8 — *Portrait de Femme.*

Debout dans un paysage, vue à mi-corps tenant d'une main gantée son chapeau de paille et, de l'autre, une fleur.

Toile.

Haut., 91 cent.; larg., 72 cent.

ÉCOLE FLAMANDE

(XVIIe siècle)

9 — *Scènes de la Passion,* animées de nombreuses figures.

Deux petites gouaches faisant pendants.

Haut., 10 cent. 1/2; larg., 22 cent. 1/2.

ÉCOLE FLAMANDE

10 — *Renard dans une basse-cour.*

Toile.

Haut., 97 cent.; larg., 1 m. 32 cent.

ÉCOLE FRANÇAISE

(XVIIIe siècle)

11 — *Le Premier pas de la Danseuse.*

Dans un élégant et luxueux boudoir, devant un groupe de deux gentilshommes d'âge mûr et du maître à danser encore jeune, une femme présente une ingénue et l'encourage. Celle-ci, les yeux baissés, et encore mal assurée, esquisse timidement un pas de danse devant l'aréopage paraissant favorablement disposé en sa faveur.

Délicieux petit tableau, d'un coloris frais et d'une touche habile et spirituelle rappelant les plus charmantes compositions de Baudouin.

Toile. Haut., 40 cent.; larg., 31 cent. 1/2.

Cadre ancien Louis XV en bois doré.

(Voir la Reproduction)

ÉCOLE FRANÇAISE

(XVIIIe siècle)

12 — *L'Orage.*

Dans un paysage, au ciel assombri, et éclairé seulement par la foudre, qui vient de tomber, près d'un bouquet d'arbres, sur un chariot occupé par trois personnes et attelé de chevaux effrayés. Un homme, une femme et un enfant, à terre, se dirigent vers la gauche : auprès d'eux, un chien aboie d'effroi. A droite, on distingue deux campagnards s'enfuyant dans la direction d'habitations que l'on aperçoit dans le fond.

Toile.

Haut., 73 cent.; larg., 91 cent.

Intéressante peinture.

N° 11

ÉCOLE FRANÇAISE

(XVIIIe siècle)

13 — ***Le Martyre de saint Sébastien.***

Toile.

Haut., 74 cent.; larg., 40 cent. 1/2.

ÉCOLE FRANÇAISE

14 — ***Pastorales.***

Suite de quatre gouaches.

Haut., 24 cent. 1/2; larg., 72 cent. 1/2.

FRAGONARD

(JEAN-HONORÉ)

15 — ***Amour près d'un buisson.***

Dessin à la pierre d'Italie.

Haut., 15 cent.; larg., 10 cent.

FRAGONARD

(Attribué à H.)

16 — ***Bacchante et Enfant bacchant.***

Petit dessin au lavis de bistre.

Haut., 15 cent.; larg., 19 cent.

GREUZE

(JEAN-BAPTISTE)

17 — *Les Gourmands surpris.*

Dessin à la plume et au lavis.

Haut., 30 cent ; larg., 30 cent.

Cette composition a été gravée sous le titre : *Les Enfants surpris.*

Cachet de l'ancienne collection du *Chevalier Damery*.

Cadre en bois sculpté doré. Époque Louis XVI.

(*Voir la Reproduction.*)

GREUZE

(JEAN-BAPTISTE)

18 — *Tête de Femme.*

Etude à la sanguine.

On lit en bas à gauche : *Greuze f. Rome. An 1750.*

Haut., 36 cent.; larg., 22 cent.

Cadre ancien en bois sculpté doré.

HUET

(JEAN-BAPTISTE)

19 — *Jupiter et Io.*

Toile.

Haut., 59 cent.; larg., 50 cent.

HUET

(JEAN-BAPTISTE)

20 — *Étude de Moutons.*

Dessin du haut.

Haut., 7 cent.; larg., 9 cent. 1/2.

Dessin du bas.

Haut., 5 cent.; larg., 9 cent.

ISABEY

(École de JEAN-BAPTISTE)

21 — *Portrait de Femme.*

En buste, vue de profil, la tête presque de face.
Dessin de forme ovale aux crayons noir et blanc.

Haut., 49 cent.; larg., 38 cent.

ISABEY (?)

22 — *Groupe de deux Chasseurs.*

Dessin à la plume et lavis.

Haut., 28 cent.; larg., 20 cent. 1/2.

Cadre Louis XVI en bois doré.

MALLEŸN

(G.)

23 — *Choc de cavalerie.*

Toile. Signée.

Haut., 72 cent.; larg., 56 cent.

MURILLO

(École de BARTHELEMY-ESTEBAN)

24 — *L'Enfant au crabe.*

Toile.

Haut., 90 cent.; larg., 81 cent.

OCTAVIEN

(FRANÇOIS)

(DEUX PENDANTS)

25 — *Le Bal champêtre. — L'Embarquement pour Cythère.*

Compositions à nombreux et élégants personnages, en costumes aux couleurs chatoyantes, dans des parcs.

Toile.

Haut., 53 cent ; larg., 59 cent.

REGNAULT

(LE BARON)

26 — *La Toilette de Vénus.*

Gracieuse composition d'un bon dessin et d'un charmant coloris.

Bois.

Haut., 31 cent.; larg., 26 cent.

ROBERT

(HUBERT)

27 — *Ruines animées de personnages et animaux.*

Au centre d'un hémicycle à colonnades en ruines, se dresse une statue équestre sur un piédestal ; à gauche, un sarcophage. Des débris d'architecture jonchent le sol, au milieu desquels se meuvent de nombreux personnages et animaux.

Toile ovale.

Haut., 50 cent.; larg., 62 cent

MURILLO

24 *L'Enfant* [illegible]

OCTAVIEN [illegible]

[illegible] Cythère.

[illegible]

REGNA[illegible]

[illegible]

[illegible]

[illegible]

N° 17

N° 30

SÈVE

(DE)

28 — *Deux en-têtes.*

Compositions décoratives pour en-têtes de livres.

Deux dessins à la plume et lavis. *Signés et datés : 1787*, dans un cadre.

Haut., 6 cent 1/2.; larg., 12 cent.

VERNET

(ANTOINE-CHARLES-HORACE, dit CARLE)

29 — *Une Merveilleuse.*

Portrait présumé de *Mad. Dauffy* 1795).

Aquarelle sur trait de plume.

Haut., 28 cent. 1/2 ; larg., 15 cent 1/2.

VIGÉE

(LOUIS)

30 — *Portrait d'Homme en buste.*

Vêtu d'un habit noir, gilet de brocart, et jabot de dentelle.

Pastel.

Haut., 62 cent.; larg., 51 cent.

(Voir la Reproduction.)

VRANCK

(SÉBASTIEN)

31 — *Episode de combat.*

Bois.

Haut., 38 cent. 1/2 ; larg., 53 cent.

CÉRAMIQUE VARIÉE

PORCELAINES ET FAIENCES

32 — **Allemagne**. Chien griffon assis, avec collier violet, sur terrasse. Ancienne porcelaine. Marqué d'un *G* en bleu.

Haut., 6 cent.

33 — **Angleterre**. Flacon à thé en ancienne porcelaine, imitant la Compagnie des Indes ; décor de fleurs, en couleur et bordures à fond bleu.

Haut., 11 cent. 1/2.

34 — **Bellevue, près Toul**. Deux importants groupes en faïence fine décorée en couleur. Ils représentent, l'un, un jardinier debout, appuyé sur sa bêche, regardant sa compagne assise à terre, et lui présentant une fleur, auprès d'une fontaine en forme de colonne quadrangulaire, de laquelle s'échappe d'un mascaron ; sur le côté, un courant d'eau, tombant en cascade dans une coquille et un abreuvoir ; à terre, divers accessoires. Elle est surmontée d'un vase à piédouche, et orné d'un médaillon en bas-relief, avec profil médaille d'un empereur romain, décor de guirlandes de fleurs et draperies.

L'autre, offre un chasseur caché derrière une fontaine en forme de pyramide, épiant une jeune fille se lavant une jambe dans la vasque-coquille, recevant l'eau déversée par un dauphin. Elle est également surmontée d'un vase analogue à celui du groupe pré-

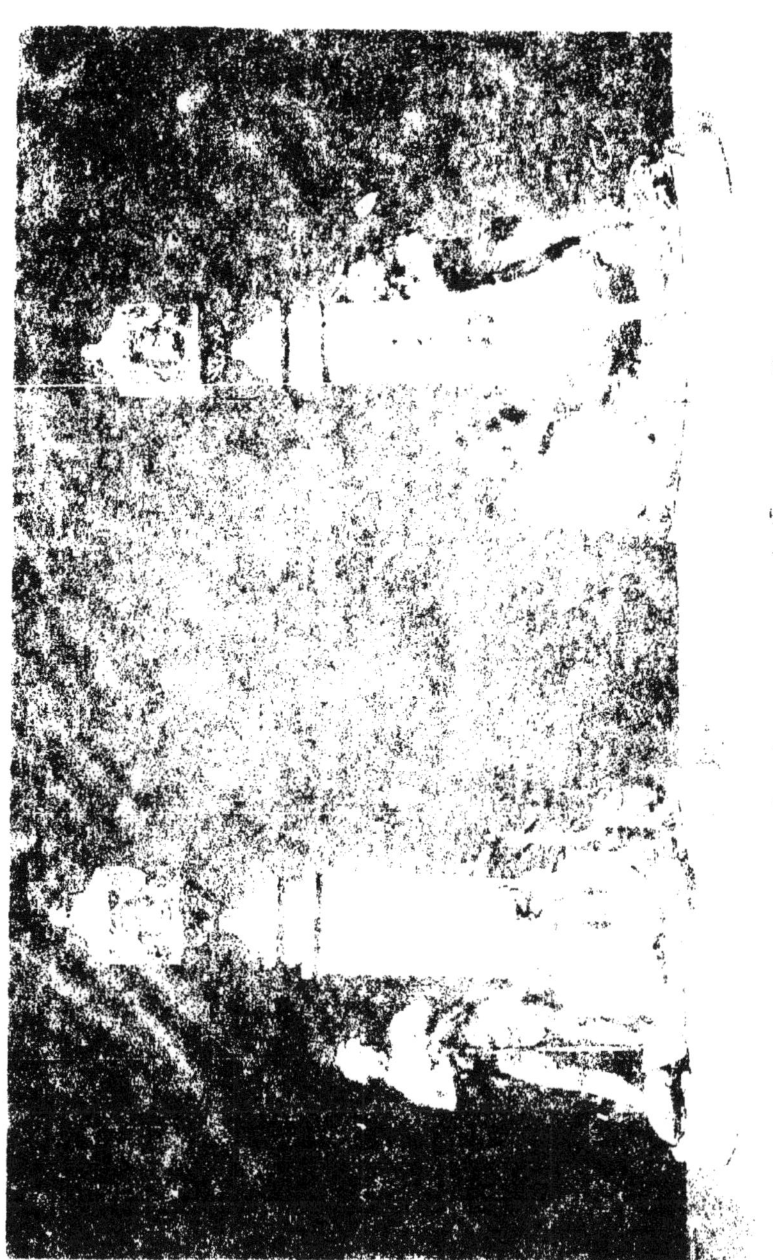

cédent, avec variante dans le médaillon, qui présente le buste d'Henri IV. Bases circulaires. Marque.

Haut., 39 cent.; larg., 41 cent.
Larg. à la base, 23 cent.

NOTA. — Consulter l'*Histoire de la Céramique*, par A. JACQUEMART.

(*Voir la Reproduction.*)

35 — **Berlin**. Statuette d'amour tenant une lanterne, drapé d'une étoffe rose à fleurettes. Ancienne porcelaine.

Haut., 10 cent.

36 — **Chine**. Vase-rouleau en ancienne porcelaine, décor à personnages en émaux de couleur.

Haut., 45 cent.

37 — **Chine**. Pot ovoïde couvert en ancienne porcelaine, décoré de fleurs et lambrequins en émaux de couleurs. Époque Kien-lung.

Haut., 19 cent.

38 — **Louisbourg**. Renard dévorant une faisane, sur terrasse à fleurettes en relief, décor au naturel. Ancienne porcelaine.

Long., 6 cent. 1/2

39 — **Mennecy-Villeroy**. Trois très petites corbeilles, de forme ovale, à pâte gaufrée, simulant la vannerie. Elles sont munies chacune de deux anses, torsades de branchages. Décors de fleurs en couleur. Ancienne porcelaine tendre.

Long., 8 cent.

40 — **Mennecy-Villeroy.** Deux très petites corbeilles, de forme ronde, à bord évasé, à pâte gaufrée simulant la vannerie. Elles sont munies chacune de deux anses, torsades. Décor de petites gerbes de fleurs en couleur. Ancienne porcelaine tendre.

Diam., 7 cent.

41 — **Niderviller.** Plaque en ancienne faïence simulant un tableau : Paysage maritime dans un cadre à rocailles.

Larg., 35 cent.

42 — **Orléans.** Huit pots à crème couverts en ancienne porcelaine pâte tendre, décor semis de tiges de fleurs en bleu.

Haut., 8 cent. 1/2.

43 — **Rouen.** — Petit pichet couvert en ancienne faïence, décor rayonnant en rouge et bleu.

Haut., 6 cent.

44 — **Russie.** Groupe crinoline. Jeune femme brodant, assise devant une table, pendant qu'un galant debout lui fait une déclaration ; un petit chien assis sur la terrasse ornée de fleurettes. Copie du modèle de Saxe, par *A. Gardner.*

Haut., 17 cent.; larg., 24 cent.

45 — **Saxe.** Trois pions d'échiquier en ancienne porcelaine, forme balustre, décor de petites fleurs en couleur et dorure.

Haut., 5 cent. 1/2.

46 — **Saxe.** Chien carlin debout en ancienne porcelaine.

Haut., 4 cent. 1/2.

47 — **Saxe**. Très petit buste de paysan, vêtu de rouge, sur base triangulaire. Ancienne porcelaine.

Haut., 5 cent.

48 — **Saxe**. Très petite statuette de jeune femme dansant, en relevant sa jupe. Décor, fleurettes en couleur.

Haut., 6 cent.

49 — **Saxe**. Statuette d'amour tenant un cahier de musique et chantant. Ancienne porcelaine.

Haut., 11 cent.

50 — **Saxe**. Statuette d'amour : Fillette marchant, tenant une bannette. Ancienne porcelaine.

Haut., 9 cent. 1/2.

51 — **Saxe**. Deux flacons à odeur, en forme de vase à rocailles, à deux bouchons, l'un à la partie supérieure fait d'une fleurette, l'autre fait d'une tête de singe s'échappant de la panse. Décor en couleur. Ancienne porcelaine. Monture en or.

Haut., 6 cent. 1/2.

52 — **Saxe**. Corbeille ovale ajourée simulant la vannerie, à deux anses, torsades de branchages et fleurettes. Décor de myosotis. Ancienne porcelaine. Pied en bronze.

Long., 24 cent.

53 — **Saxe**. Deux petites figurines : Homme et femme costumés. Décor en couleur. Ancienne porcelaine.

54 — **Saxe**. Corbeille ovale ajourée, à deux anses, torsades de branchages, décor de myosotis en relief et couleur. Ancienne porcelaine. Pied en bronze.

Long., 35 cent.

55 — **Saxe**. Corbeille ronde ajourée, à deux anses, torsades de branchages, décor de myosotis et fleurettes en relief et en couleur. Ancienne porcelaine. Pied en bronze.

Diam., 26 cent. 1/2.

56 — **Saxe**. Statuette équestre de femme en habit de chasse. Décor en couleur.

Haut., 7 cent. 1/2.

57 — **Saxe**. Statuette de jeune femme debout, drapée, jouant de la mandoline ; un cahier de musique ouvert à ses pieds. Décor en couleur. Ancienne porcelaine.

Haut., 17 cent. 1/2.

58 — **Saxe**. Statuette de jeune fille assise, en robe blanche décolletée, à fleurettes, jouant de la cornemuse. Ancienne porcelaine.

Haut., 12 cent.

59 — **Saxe**. Statuette de jeune fille assise, jouant du violon, vêtue d'une robe décolletée rose, à fleurettes. Ancienne porcelaine.

Haut., 11 cent. 1/2.

60 — **Saxe**. Deux statuettes de femmes drapées à l'antique, l'une chantant, l'autre jouant de la mandoline, sur socle carré mouluré. Ancienne porcelaine.

Haut., 13 cent.

61 — **Saxe**. Statuette de jeune fille debout, jouant du violon. Ancienne porcelaine.

Haut., 14 cent.

62 — **Saxe**. Coupe ovale couverte à pâte gaufrée simulant la vannerie ; le bouton fait d'un feuillage et d'une fleurette ; sur terrasse à tronc d'arbre et figurine de négresse debout. Ancienne porcelaine.

Haut., 16 cent. 1/2.

63 — **Saxe**. Deux petits lions debout, décor au naturel. Ancienne porcelaine. Sur terrasse rocaille en bronze ciselé. Époque Louis XV.

Haut. totale, 7 cent. 1/2.

64 — **Saxe**. Groupe de deux amours nus, l'un assis, l'autre debout, tenant des guirlandes de fleurs et figurant le Printemps, sur terrasse à rocailles. Ancienne porcelaine.

Haut., 13 cent.

65 — **Saxe**. Groupe de négrillon debout, auprès d'un cheval, décor en couleur. Ancienne porcelaine.

Haut., 8 cent.

66 — **Saxe**. Groupe de jeune femme tenant un enfant sur ses genoux et un autre debout auprès d'elle. Ils sont costumés en Chinois ; décor en couleur. Ancienne porcelaine.

Haut., 14 cent.

67 — **Saxe**. Deux statuettes d'amours : marquis et marquise enfants, dansant, au centre de bosquets ajourés formant niches. Décor en couleur et rehaut de dorure. Ancienne porcelaine. Ils reposent sur des terrasses en bronze doré, à pieds formés de graines.

Haut., 17 cent. 1/2.

68 — **Saxe**. Petit groupe d'homme et de femme enguirlandés de fleurs, et symbolisant le Printemps, décor en couleur. Ancienne porcelaine.

Haut., 10 cent. 1/2.

69 — **Saxe**. Apollon sur un char à deux roues, dans les nuages. Décor en dorure et couleur. Il est accompagné de quatre chevaux au galop, se cabrant, également portés par des nuages. Ancienne porcelaine. Monture en bronze doré, aux chevaux.

Haut. du char : 20 cent. 1/2.
Haut. des chevaux : 19 cent. 1/2.

(*Voir la Reproduction.*)

70 — **Sèvres**. Tasse droite et sa soucoupe, décor fond vert, médaillon et bordures à fleurs et arabesques en couleur, réservés sur fond blanc. Ancienne porcelaine pâte tendre. Décor de *Fumez*. (La tasse et la soucoupe portent, au-dessous du fond, un décor en dorure paraissant masquer des initiales.)

Haut., 7 cent.

71 — **Sèvres**. Tasse droite et sa soucoupe, fond bleu turquoise, décorée d'une bande; à la bordure, guirlandes de fleurettes en couleur. Ancienne porcelaine pâte tendre.

Haut., 6 cent. 1/2.

72 — **Sèvres**. Cache-pot-jardinière de forme cylindrique, à deux anses coquilles et volutes. Décor en couleur, feuilles de choux bleues et trophées d'attributs enguirlandés de fleurs. Ancienne porcelaine tendre. Décor par *Niquet*.

Haut., 15 cent. 1/2.

N° 78

N° 81

N° 69

N° 74

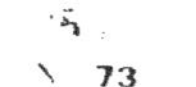

N° 73

N° 74

73 — **Sèvres.** Important groupe en ancien biscuit pâte tendre, représentant *le Goûter champêtre.* Une jeune fille assise à une table rustique, sur laquelle sont posés divers accessoires, et les restes du goûter interrompu par la déclaration d'un jeune galant, assis sur un coin de la table. Sous cette dernière, on aperçoit un panier contenant des fruits ; en arrière, une cruche et la tête d'un chien.

Haut., 27 cent. ; larg. à la base, 25 cent.

(Un groupe semblable figurait à la vente *E. Cronier* sous le nº 81.)

(*Voir la Reproduction.*)

74 — **Sèvres.** Deux statuettes en ancien biscuit pâte tendre, faisant pendants. Elles représentent un jardinier et une jardinière. Le jeune garçon debout offre une corbeille de fleurs. La jeune fille tient sur sa hanche gauche une corbeille également chargée de fleurettes, et un petit petit bouquet de la main droite. Derrière elle, une hotte fleurie. Marque *L. B.* en creux.

Haut., 26 cent.

(*Voir la Reproduction.*)

PORCELAINES MONTÉES

75 — **Chine**. Deux flambeaux à deux lumières, formés chacun d'un bouddha accroupi, en ancien céladon bleu turquoise, reposant sur une terrasse à rocailles, d'où s'échappent des branchages fleuris, formant charmilles, ainsi que les deux branches porte-lumières. Ils sont agrémentés de fleurettes en porcelaine bleue. Époque Louis XV.

Haut., 19 cent.

(*Voir la Reproduction.*)

76 — **Chine**. Écritoire, formée d'une figurine de personnage, à demi-couché, en céladon craquelé; une hotte derrière lui sert de récipient. Il repose sur une terrasse contournée en bronze ciselé et doré, de style chinois, supportant un dais à lambrequin et clochettes, surmonté d'une graine et soutenu par une potence mouvementée à grecques. Époque Louis XV.

Haut., 27 cent. 1/2.

(*Voir la Reproduction.*)

77 — **Saxe**. Deux candélabres à deux lumières, formés chacun d'un groupe en ancienne porcelaine, reposant sur une terrasse en bronze ciselé et doré, à décor de rocailles et feuillages, de laquelle s'élèvent des branchages porte-lumières, agrémentés de fleurs et fleurettes, en ancienne porcelaine. Époque Louis XV.

Haut., 40 cent.; larg., 29 cent.

(*Voir la Reproduction.*)

Quatre petits flambeaux, de même époque, en vieux Saxe et bronze doré sont joints à ces deux candélabres et complètent une décoration de surtout de table.

Haut. 9 cent. 1/2.

PORCELAINES MONTÉES

Chine. [illegible] faisans [illegible] terrasse [illegible] bagues fleuris, formant [illegible] branches porte-lumières. [illegible] porcelaine blanc. [illegible] Époque [illegible] XV.

[illegible] *Reproduction.*

Chine. [illegible] d'une figurine [illegible] [illegible] l'Amb[illegible] [illegible] Époque [illegible]

[illegible] Époque Louis XV.

[illegible] *Reproduction.*

[illegible] deux [illegible] époque [illegible] sont [illegible] à ces deux [illegible] décoration de surtout de table.

N° 75 N° 76 N° 75

78 — **Saxe.** — Petit flambeau à deux lumières, composé d'une statuette de Pâris assis en ancienne porcelaine, sur terrasse à rocailles ajourées, d'où partent deux branches porte-lumières, agrémentées de fleurettes en ancienne porcelaine. Époque Louis XV.

Haut., 16 cent. 1/2.

(*Voir la Reproduction.*)

79 — **Saxe**. Chien King-Charles, assis, en ancienne porcelaine décorée au naturel. Il repose sur un coussin à glands en bronze ciselé et doré.

Haut., 19 cent. 1/2; larg., 29 cent.

80 — **Sèvres (?)**. Paire de vases couverts en porcelaine émaillée bleu uni, de forme ovoïde. Ils sont enrichis, chacun, d'une monture en bronze ciselé et doré, se composant d'une collerette à entrelacs, de laquelle partent deux anses à cols de cygnes se rattachant au piédouche. Sur l'épaulement, guirlandes de laurier et mascarons à têtes de boucs. Base carrée. Les couvercles sont surmontés d'une graine feuillagée. Époque Louis XVI.

Haut., 32 cent.

(*Voir la Reproduction.*)

81 — **Sèvres-Vincennes**. Grand plat ovale en ancienne porcelaine tendre, à ornements en relief rehaussé de hachures bleues, roses et or et couvert d'un riche décor d'oiseaux dans des paysages avec cours d'eau, rochers et cascades. Marque au point (antérieur à 1753). Il est garni d'une moulure en argent ciselé et doré.

(Collection L. Double, N° 50.)

Long., 60 cent.

(*Voir la Reproduction.*)

ORFÈVRERIE

82 — Étui, en forme de poisson, en argent.

Long., 17 cent.

83 — Petit bougeoir en argent ciselé, à plateau octogonal, décor de feuilles, cannelures, guirlandes, xviiie siècle.

Haut., 4 cent.

84 — Deux statuettes d'enfants nus, debout, drapés, l'un portant un panier de fruits, l'autre près d'une hotte et tenant une grappe de raisins ; socles à cannelures obliques. Argent. Ancien travail.

Haut., 22 cent.

85 — Petit sucrier couvert, de forme ovale, muni de quatre pieds, en argent ciselé, décor de médaillon à attributs, nœuds de ruban et guirlandes. Le bouton du couvercle fait d une rose. xviiie siècle.

Haut., 9 cent ; long., 10 cent. 1/2.

86 — Petite coupe couverte, de forme ovale, munie de quatre pieds en argent repoussé et ciselé. Décor de guirlandes, de feuillages, coquilles. Le bouton du couvercle fait d'une graine. xviiie siècle.

Haut., 7 cent. 1/2; long., 11 cent.

87 — Sucrier couvert en argent, à deux anses, et reposant sur quatre pieds à feuillage. Le bouton du couvercle fait de fraises. Époque Louis XV.

Haut. 14 cent.

88 — Sucrier à deux anses, muni de son couvercle, de forme mouvementée, à larges cannelures obliques. Décor de feuillages, rocailles et médaillon armorié. Il repose sur quatre petits pieds-volutes. Le bouton du couvercle fait d'un bouquet de fraises. Il est accompagné d'un plateau présentoir, à décor analogue, orné d'une armoirie au centre. Argent ciselé et gravé. Vieux Paris. Époque Louis XV.

Haut. totale, 15 cent.

89 — Verseuse en argent, à godrons obliques, munie d'un couvercle surmonté d'une rocaille. Le bec du déversoir fait d'une tête de chimère. XVIIIe siècle. Manche en bois noir.

Haut., 27 cent.

90 — Aiguière, avec son couvercle à rocailles, et une anse, en argent ciselé et gravé. Décor par zones de coquilles, rocailles, feuillages, sur fond amati. Moulures à enroulement de ruban sur faisceau de baguettes. Vieux Paris. Époque Louis XV.

Haut., 25 cent.

91 — Écuelle couverte, à deux anses, en argent ciselé, gravé, à décor de guirlandes, agrafes, rocailles et rinceaux. Le bouton du couvercle fait d'une grenade. Époque Louis XV.

Larg., 28 cent. 1/2.

92 — Écuelle a bouillon, à deux anses et son couvercle, en argent ciselé. Décor de bustes, arabesques et attributs. Le bouton du couvercle orné d'un buste de femme, profil, médaille. Le bord à godrons. *Poinçon de Jacques Cottin, sous-fermier.* 1726-1732. Époque Louis XV.

Diam., 29 cent. 1/2

OBJETS DE VITRINE

93 — Boite, de forme ronde, en écaille brune, décorée au vernis, d'imbrications en dorure. Sur le couvercle, un sujet allégorique en ivoire découpé et sculpté sur fond bleu. Époque Louis XVI.

Diam., 7 cent. 1/2.

94 — Etui à aiguilles, de forme cylindrique, à deux bouchons, en écaille décorée au vernis, de sujets galants à personnages sur fond rouge et bandes d'entrelacs en dorure.

Long., 17 cent.

95 — Miniature ovale : Portrait d'homme, en habit marron et chemise festonnée. Cadre-médaillon, à nœud de ruban en argent, enrichi de strass. XVIIIe siècle.

Haut. totale, 7 cent. ; larg., 4 cent. 1/2.

96 — Grande Miniature ovale, sur vélin, représentant des baigneuses dans un paysage, attribuée à *Angelica Kauffmann*.

Haut., 22 cent. ; larg., 17 cent

OBJETS VARIÉS

97 — Garniture de reliure en or ciselé, comprenant un fermoir et huit écoinçoins, à décor offrant une figurine d'enfant nu, foulant aux pieds un dauphin, et des enfants nus couchés parmi des fleurs. xvie siècle.

98 — Presse-papier formé d'une levrette en bronze. Sur socle en marbre.

Long. du socle, 17 cent. 1/2.

99 — Ecrin en maroquin rouge, orné de fers dorés. xviiie siècle.

Haut., 14 cent.

100 — Coffret en bois sculpté et doré, à décor de feuillages et médaillons.

Haut., 32 cent.

101 — Petite pendule-écritoire, avec lampe, en cuivre. Commencement du xixe siècle.

Haut., 32 cent.

102 — Deux petits bustes d'enfants en ivoire sculpté : Jean qui pleure et Jean qui rit. xviiie siècle. Socles en bois simulant le granit.

Haut., 14 cent.

103 — Deux statuettes en bronze patiné, présentant un Marchand de lapins et une Marchande de volailles. Ils reposent tous deux sur un socle à décor de feuillage en bronze doré.

Haut., 34 cent. 1/2.

104 — Coupe ronde sur piédouche en marbre rouge mouluré.

Diam., 41 cent.

105 — Petit modèle de commode provençale en bois sculpté, à deux tiroirs.

106 — Petit modèle de commode en noyer, à trois tiroirs, avec ferrures. Époque Louis XV.

Haut., 32 cent ; larg., 35 cent.

107 — Petit modèle de commode en marqueterie de bois de rose, à trois tiroirs. Époque Louis XVI.

Haut., 34 cent.; larg., 33 cent.

108 — Petit modèle de commode, à trois tiroirs. Époque Empire.

Haut., 24 cent.; larg., 29 cent.

109 — Petit modèle de meuble, à sept tiroirs, en noyer.

Haut., 40 cent.

110 — Petit modèle de buffet hollandais, formant vitrine, sur trois tiroirs cintrés. xviiie siècle.

Haut., 83 cent.; larg., 38 cent.

111 — Glace-miroir, dans un encadrement de bois sculpté, ajouré et doré, à décor de rocailles, feuillages et palmettes. Fin de l'époque Régence.

Haut., 1 m. 78 cent.

113

114

N° 113

N° 114

BRONZES D'AMEUBLEMENT

112 — Paires de candélabres en marbre blanc et bronze doré. Époque Louis XVI. Ils sont formés chacun d'une tige-colonnette cannelée, à décor de têtes de boucs, feuillages, cannelures et guirlandes de fleurs, portant un bouquet de quatre lumières.

113 — Paire d'importants chenets en bronze ciselé doré; modèle à vases-cassolettes enguirlandés, sur piédouche, Décor de godrons, cannelures, volutes, entrelacs, moulures feuillagées. Époque Louis XVI.

Haut., 44 cent.

(*Voir la Reproduction.*)

114 — Paire de candélabres, composés, chacun, d'une statuette de jeune femme debout, drapée dans le goût de Falconet, adossée à un tronc de chêne, muni de branches feuillagées dont trois forment porte-lumières. Socle cylindrique en marbre blanc, orné de moulures à feuilles d'acanthe, rangs de perles, enroulements de ruban. Ils reposent sur trois petits pieds à volutes, feuillagées. Époque Louis XVI.

Haut., [illegible]6 cent.

(*Voir la Reproduction.*)

115 — Pendule tout en bronze ciselé et doré, représentant une nacelle chargée de marchandises sur lesquelles repose le mouvement. A l'avant, une femme debout tient un médaillon de Phébus et un feuillet déroulé sur lequel on lit: *Je vogue au gré de la Fortune et protégée du Dieu Neptune.* A l'arrière, le nautonier debout. Sur le devant, une figure d'amour tenant une ancre immergée. Socle

en marbre blanc, avec frise de balustres ajourés sur fond bleui et rosaces. Le cadran porte la marque *Trouvez à Paris*. Époque Louis XVI.

Haut., 46 cent.

116 — Pendule en marbre blanc et bronze ciselé et doré, en forme de portique, à deux pilastres soutenant le mouvement, couronné d'un vase enguirlandé ; socle rectangulaire. Elle est ornée de chutes d'attributs, lyres ; frise de feuillages, cul-de-lampe et petits médaillons en biscuit. Époque Louis XVI.

Haut., 52 cent.

(*Voir la Reproduction.*)

MEUBLES

117 — Meuble-crédence en bois sculpté, avec filets marquetés et incrustations de plaques en marbre de couleur. Il ouvre à deux portes, à décor de bas-reliefs, offrant des sujets de paysages et personnages. Statuettes dans des niches, sur les montants. XVIe siècle. Il repose sur une console à colonnettes et arcatures.

Haut. totale, 1 m. 65 cent.; larg., 1 m. 05 cent

118 — Table-coiffeuse de dame en marqueterie de bois de placage à fleurs. Époque Louis XV.

Long., 89 cent.

119 — Régulateur, de forme contournée, en marqueterie de bois de rose à carrelage et décoré de bronzes ciselés. Le cadran métallique avec heures en émail porte la marque gravée de *Lepaute, horloger de Monsieur, à Paris*. Époque Régence.

Haut., 2 m. 35 cent.

(*Voir la Reproduction.*)

N° 80 N° 116 N° 80

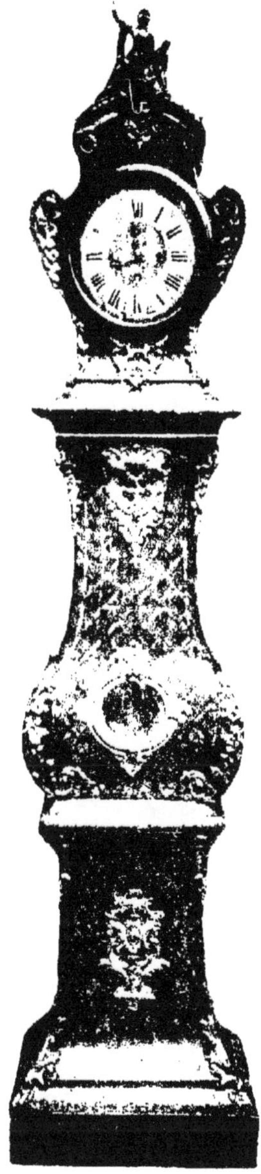

119

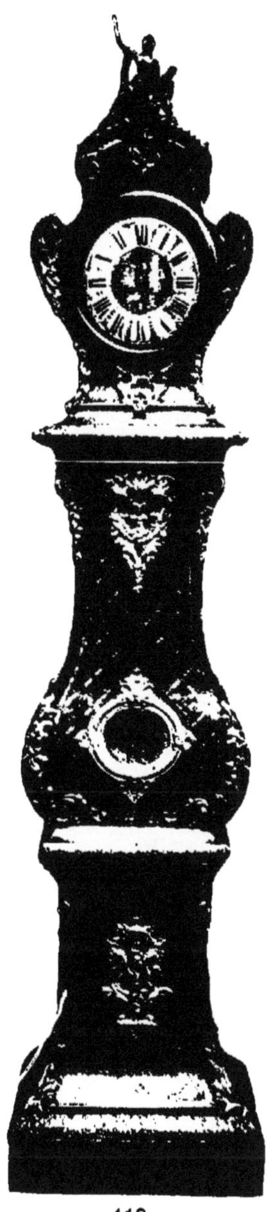

119

120 — Table à jeu, avec dessus en marqueterie de bois figurant un panier. Époque Louis XVI.

121 — Table pliante carrée, à quatre pieds fuselés, en acajou et filet de bois jaune. Ancien travail anglais.

Long. et larg., 94 cent.

122 — Table-bureau plat en acajou, muni de trois tiroirs à la ceinture; pieds ronds cannelés. Dessus de cuir. Époque Louis XVI.

Long., 1 m. 71 cent.

123 — Table-toilette en acajou moucheté, orné de baguettes et filets de cuivre. Le dessus, muni intérieurement d'une glace, ouvre à charnières. Pieds cannelés. Époque Louis XVI.

Long. 96 cent.

124 — Petite table, de forme ovale, en bois de placage et marqueterie de bois de couleur. Elle repose sur quatre pieds légèrement cambrés, réunis par une tablette d'entrejambes, et munie d'un tiroir de face formant écritoire. Décor de rosaces, au centre de losanges. Elle est enrichie à la tablette d'entrejambes, ainsi que sur le dessus, de deux plaques en ancienne porcelaine pâte tendre de Sèvres, à décor d'enfants dans des paysages en camaïeu bleu rehaussé de couleurs. Commencement de l'époque Louis XVI. Ornementation de bronzes ciselés et dorés, comprenant des chutes à graines et nœuds de ruban, sabots, ceintures à festons de feuillages et perles, encadrements à entrelacs.

Haut., 68 cent.; larg., 49 cent.

125 — Guéridon en bronze ciselé, à trois pieds réunis à la base par un croisillon et muni de deux tablettes en marbre. Fin du XVIIIe siècle ou début du XIXe siècle.

Diam., 50 cent.

126 — Écran en acajou et bronzes dorés. Époque Empire. De forme rectangulaire, à pieds-griffes, il est orné de motifs-appliques en bronze, palmettes et feuillages. Garniture de velours.

Haut., 1 m. 10 cent.

127 — Paravent, peint à la détrempe, à six feuilles, offrant sur chacune, à la partie inférieure et peints en camaïeu, des groupes d'amours avec attributs symbolisant les Arts et les Sciences et au-dessus, peints en couleur, et formant trompe-l'œil, des accessoires variés suspendus à des rubans. Encadrement simulant le bois doré. Époque Louis XVI.

Haut., 1 m. 80 cent.
Larg. d'une feuille, 64 cent.

SIÈGES VARIÉS

128 — Grand fauteuil en bois tourné, recouvert en ancienne tapisserie au point ; décor de rocailles et fleurs.

129 — Fauteuil en bois sculpté, recouvert de tapisserie au point de Saint-Cyr, à sujets de personnages, fleurs et animaux sur fond noir.

130 — Fauteuil en bois mouluré et sculpté, de forme mouvementée, décor de feuillages et fleurettes ; il est recouvert d'ancienne tapisserie au point à rosaces et quadrillés. Époque Louis XV.

131 — Bois de fauteuil, sculpté, mouluré ; décoré, au dossier, d'entrelacs. Époque Louis XVI.

132 — Tabouret de bibliothèque, se dépliant pour former escabeau, en acajou. Garniture de crin pékiné. Époque Louis XVI.

Long., 64 cent.

133 — Chaise en bois sculpté peint, à décor de rinceaux et petites rosaces. Fin de l'époque Louis XVI. Garniture de velours.

Larg., 48 cent.

134 — Fauteuil en bois mouluré et repeint, recouvert de tapisserie au point : corbeille de feuillage et ruban. Époque Directoire.

Larg., 58 cent.

AMEUBLEMENTS DE SALON
EN TAPISSERIE

135 — AMEUBLEMENT DE SALON en bois doré, de style Louis XVI, comprenant un canapé et huit fauteuils, recouverts d'ancienne tapisserie d'Aubusson, de la fin du XVIIIe siècle, à sujets de petits personnages aux dossiers, et animaux sur les sièges avec encadrements de fleurs et palmettes.

Long. du canapé, 1 m. 65 cent.
Larg. d'un fauteuil, 60 cent.

(*Voir la Reproduction.*)

15000 —

136 — AMEUBLEMENT DE SALON, comprenant un canapé et six fauteuils, en bois sculpté peint, recouverts en ancienne tapisserie d'Aubusson, offrant aux dossiers des personnages avec encadrement de draperies. Aux sièges, animaux et fleurs. Epoque Louis XVI.

Larg. du canapé, 1 m. 63 cent.
Larg. d'un fauteuil, 59 cent.

(*Voir la Reproduction.*)

15000

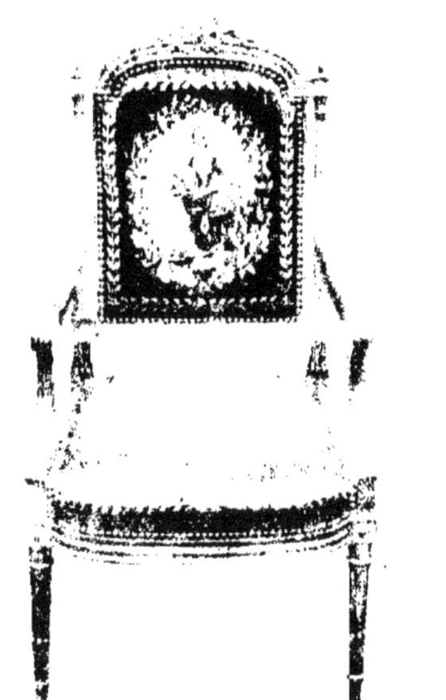

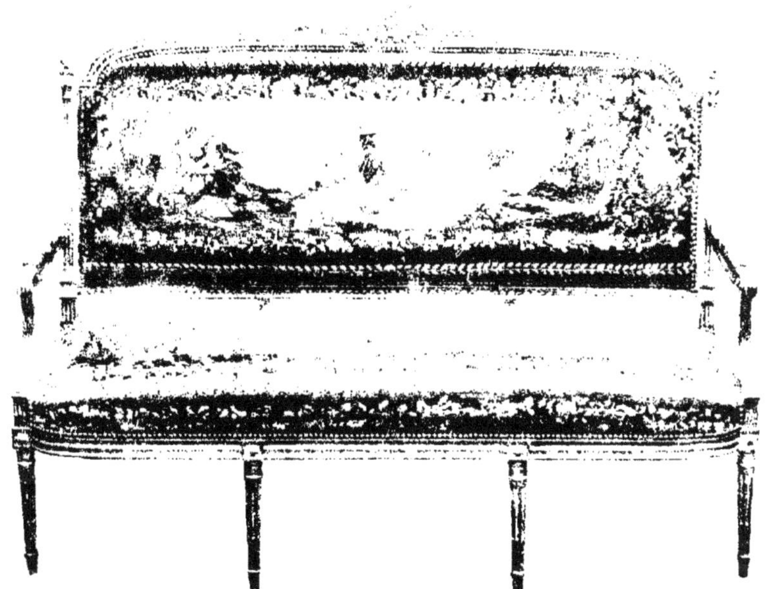

AMEUBLEMENTS D[illegible]TION

[illegible] TAPISSERIE

N° 135

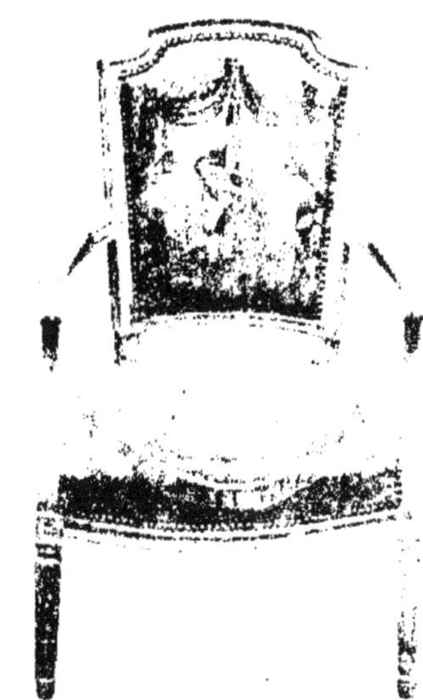

136

N° 137

TAPISSERIES

PARAVENT

137 — Tapisserie rectangulaire de Bruxelles, du xvii siècle, présentant une composition d'après Teniers. Devant le portique d'une auberge, que l'on voit à droite, au premier plan, trois couples de villageois et villageoises, dansant, buvant ou causant, et un campagnard, à califourchon sur un âne, tenant une chope. Dans le fond, des moissonneurs rentrent une charrette de foin. Riche bordure d'encadrement, simulant un cadre, à enroulement de feuilles d'acanthe, et bandes d'entrelacs, sur faisceau de baguettes; agrafes aux angles et coquilles dans les milieux. Elle porte la marque *B.B.L.V.D. BORCHT.*

Haut., 3 m. 33 cent.; larg., 2 m. 76 cent.

(*Voir la Reproduction.*)

138 — Tapisserie fine rectangulaire, verdure, fabrique de Lille. Elle offre dans un paysage avec cours d'eau, au premier plan, un faisan et une faisane à terre ; un perroquet au riche plumage est branché sur un grand arbre ; un peu sur la droite, une habitation rustique ; dans le fond, village et lointain avec collines. Encadrement de bordure, composée d'arabesques, feuillages, sphinx, bustes, coquilles et attributs, sur fond tabac. Fin du xviie siècle.

Haut., 3 m. 10 cent. ; larg., 3 m. 70 cent.

(*Voir la Reproduction.*)

139 — Tapisserie-verdure, rectangulaire, d'Aubusson, offrant de grands oiseaux au premier plan; fond de ville. Encadrement de bordures, chutes de fruits, arabesques, fleurs et feuillages, panaches de plumes, sur fond noir. Époque Louis XIV.

Haut., 2 m. 68 cent.; larg., 3 m. 33 cent.

140 — Tapisserie flamande, du temps de la Régence, représentant dans un parc une composition à plusieurs personnages. Belle bordure simulant un cadre à enroulement de feuillage avec agrafes aux angles et aux milieux.

Haut., 2 m. 35 cent. ; larg. 2 m. 55 cent

(*Voir la Reproduction.*)

141 — Petit paravent à six feuilles en ancienne tapisserie flamande du XVIIIe siècle, à chutes de fleurs et fruits, feuillages et nœuds de ruban, sur fond tabac. Les feuilles sont doublées de damas vert.

Haut., 1 m. 35 cent.

N° 140

TAPIS D'ORIENT

142 — Petite carpette d'Orient, à fond rouge.

Long., 1 m. 80 cent.; larg., 1 m. 17 cent.

143 — Carpette d'Orient, à fond rouge et dessins réguliers en couleur.

Long., 2 m. 70 cent.; larg., 1 m. 68 cent.

144 — Carpette d'Orient, à fond rouge et motifs réguliers en couleur. Bordure à fond noir.

Long., 5 m. 25 cent.; larg., 2 mètres.

RED. :

24

0 1 2 3 4 5 6 7 8 9 10

www.ingramcontent.com/pod-product-compliance
Ingram Content Group UK Ltd.
Pitfield, Milton Keynes, MK11 3LW, UK
UKHW021549260726
13993UKWH00002B/729